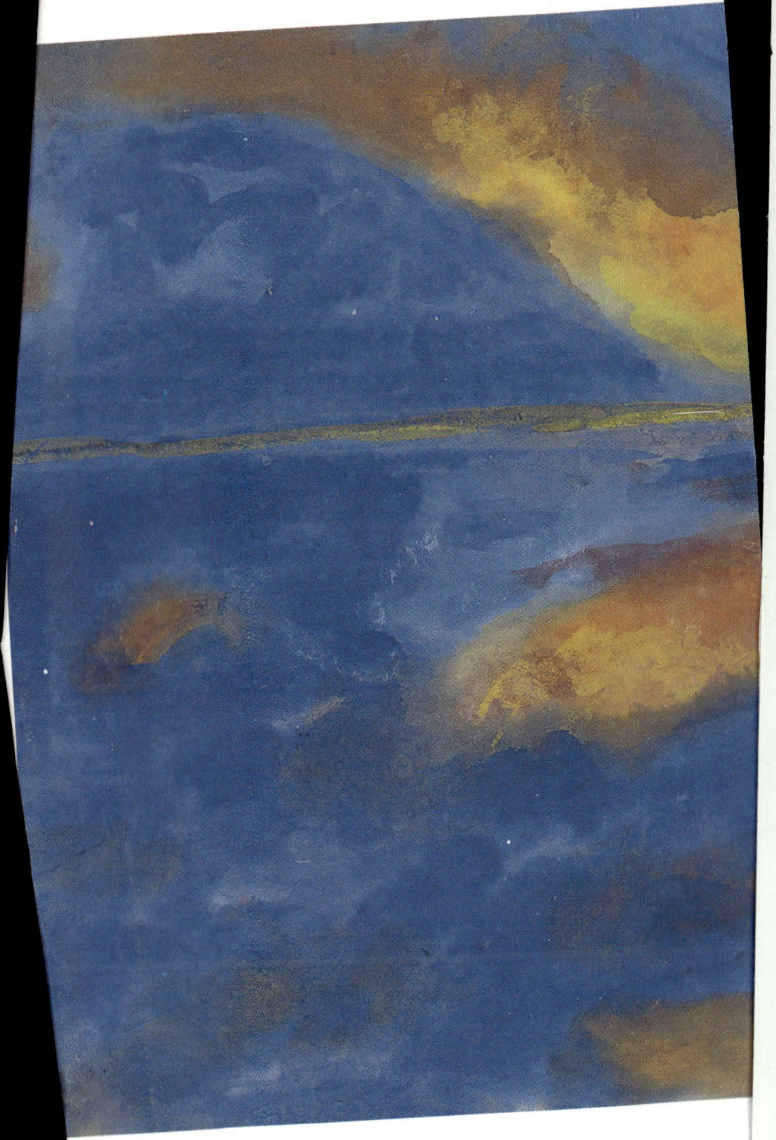

我和过去

隔着黑色的土地

我和未来

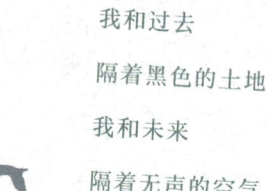隔着无声的空气

——《我，以及其他的证人》1984

陌生人,我也为你祝福

愿你有一个灿烂的前程

愿你有情人终成眷属

愿你在尘世获得幸福

我只愿面朝大海,春暖花开

《面朝大海,春暖花开》

《海上日出》

Emil Nolde, 1867—1956

[德] 埃米尔·诺尔德
创作时间:1927年

你来人间一趟

你要看看太阳

和你的心上人

一起走在街上

了解她

也要了解太阳

《夏天的太阳》

■ 《日出》

Jan Sluyters, 1881—1957

[荷] 扬·斯莱特斯

创作时间：1910年

其实,你的一只眼睛就可以

照亮世界

但你还要使用第三只眼,

阿尔的太阳

把星空烧成粗糙的河流

把土地烧得旋转

《阿尔的太阳》

《阿尔的太阳》

Vincent Van Gogh, 1853—1890

[荷] 文森特·凡·高
创作时间:1889年

明天,明天起来后我要

重新做人

我要成为宇宙的孩子

世纪的孩子

挥霍我自己的青春

然后放弃爱情的王位

去做铁石心肠的船长

《眺望北方》

《日落》

Boris Kustodiev, 1878—1927

[俄] 鲍里斯·米哈洛维奇·库斯托季耶夫
创作时间:未知

黑夜比我更早睡去

黑夜是神的伤口

你是我的伤口

羊群和花朵也是岩石的伤口

——《最后一夜和第一日的献诗》 1989 年

太阳是我的名字

海子 著

海子的诗

HAIZI

浙江教育出版社·杭州

目录
CONTENTS

1983

东方山脉 / 2

纸鸢 / 6

小站 / 9

小叙事 / 11

期待 / 14

新月 / 15

1984

亚洲铜 / 18

阿尔的太阳 / 19

海上 / 21

新娘 / 22

我,以及其他的证人 / 23

单翅鸟 / 25

爱情故事 / 27

跳跃者 / 29

春天的夜晚和早晨 / 31

不要问我那绿色是什么 / 33

历史 / 35

女孩子 / 37

海上婚礼 / 39

村庄 / 41

自画像 / 42

1985

活在珍贵的人间 / 44

你的手 / 45

得不到你 / 47

中午 / 49

房屋 / 51

夏天的太阳 / 52

哑脊背 / 54

我请求：雨 / 56

为了美丽 / 58

明天醒来我会在哪一只鞋子里 / 59

夜月 / 62

孤独的东方人 / 64

城里 / 66

麦地 / 68

半截的诗 / 72

1986

九月 / 74

给母亲（组诗）/ 75

歌：阳光打在地上 / 79

在昌平的孤独 / 81

从六月到十月 / 82

给卡夫卡 / 83

天鹅 / 84

不幸 / 86

海子小夜曲 / 87

给你（组诗）/ 89

给B的生日 / 93

哭泣 / 94

我感到魅惑 / 95

果园 / 97

莫扎特在《安魂曲》中说 / 98

1987

尼采,你使我想起悲伤的热带 / 100

九首诗的村庄 / 103

野花 / 104

日出 / 106

北方的树林 / 107

月光 / 109

灯 / 111

灯诗 / 114

晨雨时光 / 116

麦地(或遥远) / 117

幸福的一日 / 119

献诗 / 120

十四行:王冠 / 122

十四行:玫瑰花园 / 123

八月之杯 / 124

秋 / 125

为什么你不生活在沙漠上 / 126

祖国（或以梦为马）/ 128

长发飞舞的姑娘（五月之歌）/ 131

夜晚　亲爱的朋友 / 132

马、火、灰——鼎 / 133

1988

日记 / 136

野鸽子 / 138

眺望北方 / 140

跳伞塔 / 142

四行诗 / 145

远方 / 148

在大草原上预感到海的降临 / 150

黑翅膀 / 152

青海湖 / 154

大风 / 156

无名的野花 / 157

花儿为什么这样红 / 159

夜丁香 / 161

1989

面朝大海,春暖花开 / 164

四姐妹 / 165

神秘的二月的时光 / 167

献诗 / 168

歌或哭 / 169

遥远的路程 / 170

遥远的路程 / 171

黑夜的献诗 / 172

酒杯 / 174

你和桃花 / 175

最后一夜和第一日的献诗 / 177

太平洋的献诗 / 178

拂晓 / 180

夜 / 183

春天,十个海子 / 184

1983

草丛中一条小溪

一旦被发现,就是河流

——《期待》

东方山脉

三角洲和碎花的笑

一起甩到脑后

一块大陆在愤怒地骚动

北方平原上红高粱

已酿成新生的青春期鲜血

养育火红的山冈成群

像浪

倾斜着地平线和远岸的大陆架

将东方螺的传说雕成圆锥形

这里,道道山梁架住了天空

让大川从胸中涌出

让头顶长满密林和喷火口

为了光明

我生出一对又一对

深黑的眼睛和穴居的人群

用雪水在石壁上画了许多匹野牛

他们赶着羊就出发了

手中的火种发芽

和麦粒一道支起窝棚

后来情歌在平坦的地方

绘出语法规则

绘成村落

敲击着旷野

即使脚下布满深谷

即使洪水淹没了我的兄弟

即使姐妹们的哭泣

升到天上结成一个又一个响雷

即使东方的部落群没有写进书本

因而只在孩子琥珀色眼球里丛生

根连着根

像野草一样布满荒原

即使旗帜迟迟没有

从那方草坪上升起

因而文字仿佛艰涩

历史仿佛漫长

我捞起岛屿

和星星般隐逸的情感

我亲吻着每一座坟头

让它们吐出桑叶

在所有的河岸上排成行

划分着大江流向

划分着领土

我把最东方留给一片高原

留给龙族人

让他们开始治水

让他们射下多余的太阳

让他们插上毛羽

就在那面东亚铜鼓上出发

会有的,会的

会有鹭鸶和青草鱼一样的龙舟

会有创造的季节

请放出鸥群

和关在沼地里的绿植被

把伏向小河的家乡丘陵拉直
列队，由北压向南
由西压向东

把我的岩石和汉子的三角肌
一同描在族徽上吧
把我的松涛连成火把吧
把我的诗篇
在哭泣后反抗的夜里
传往远方吧
让孩子们有一本自己的历史画
让我去拥抱世界

纸鸢

你不是真的
因此很高。很飘逸
比流浪客还要飘逸

你自由的程度
等于线的长度
挣脱了,也有一条未蜕化的尾巴

你以为是在放牧白云
谁知是风放牧你

总有一天
你不能拒绝土地的邀请

是有黄昏
是有溜云下汲水的村姑
是有一朵朵开在原野上小树淡紫的微笑

只要举起你的视线

还会有雀语的秀气

还会有炊烟散后暮色的横阔。匆忙的

是天色和晚星

灯火全都兴高采烈

你也兴高采烈

往往还采取爽朗的两种姿式

伸出胳膊去

长方形是最动情的一篇短文

画在外地　我的指尖

流过你细细瘦瘦一座长方城

总是写着

不论旱季雨季。我这里

总有细流抱你

总有渐湿的心情默读每一片鱼鳞瓦

不，我是在背诵

　　　　　　第一段是童年和鸢尾筝

　　　　　一块儿在你女墙下搁浅

　　　　第二段是少年和小白鸽
　　　　　汛水一样逼近你的塔尖
还有风景描写呢
城里的黄梅雨一家一家染青了方砖平房
城郊的蜜蜂一年一度放出收获的油菜花
结尾照例要简约
小城的人出门都会写
相思诗

小站
——毕业歌

我年纪很小
不用向谁告别
有点感伤
我让自己静静地坐了一会儿

然后我出发
背上黄挎包
装有一本本薄薄的诗集
书名是一个僻静的小站名

小站到了
一盏灯淡得亲切
大家在熟睡
这样,我是唯一的人
拥有这声车鸣
它在深山散开

唤醒一两位敏感的山民
并得到隐约的回声

不用问
我们已相识
对话中成为真挚的朋友
向你们诉愿
是自自然然的事
我要到草原去
去晒黑自己
晒黑日记蓝色的封皮

去吧，朋友
那片美丽的牧场属于你
朋友，去吧

小叙事

在这个

小小的人世上

我向许多陌生的人

打听过你

和许多动植物

和象形文字

讨论过你

夏夜

我加入天真的

萤虫小分队

凭那么一点点

微热的光亮

竟找到你的村头

伙伴们

被一把又一把蒲扇

扇落

孩子们可爱的愿望

和透明的小瓶

是她们平平常常的归宿

是时候了

我调动所有的阅历

辨认着门窗

果然

那个篱笆很有才气地

编在那里

我是要告诉你

一些心思

要不然

我怎会摇着后园的竹叶

和你商量

但你的窗口

灯总也没亮起来

无论如何

我要留一个形象给你
于是我头戴
各色野花
跑进你梦中

我的踌躇
铺成你清晨起来
不曾留意的那条小道
很自然地
你顺着它走下去
写些激动人心的故事

期待

靠着古城墙
就像倚着一个坚实世界

追随鸽哨
让自己消融于渐渐蔚蓝的天空

穿过绵长的林带
把眼神系上一株普通的白桦

草丛中一条小溪
一旦被发现,就是河流

新月

只是一弯。在孩子的手臂上
升起
关于巉岩的经历
关于画布的柔和
关于少年心坎的春汛
我的新月摇过所有的风景线

夏天到了
你的眼睛公开
在三叶草上
让早起的人们看见并记住

你秀气的弧线穿过星星的沙滩
赤足,在沁凉的夜潮边上
接着就是黎明

1984

春天是风

秋天是月亮

在我感觉到时

她已去了另一个地方

——《女孩子》

亚洲铜

亚洲铜,亚洲铜
祖父死在这里,父亲死在这里,我也将死在这里
你是唯一的一块埋人的地方

亚洲铜,亚洲铜
爱怀疑和爱飞翔的是鸟,淹没一切的是海水
你的主人却是青草,住在自己细小的腰上,守住野花的手掌和秘密

亚洲铜,亚洲铜
看见了吗?那两只白鸽子,它是屈原遗落在沙滩上的白鞋子
让我们——我们和河流一起,穿上它吧

亚洲铜,亚洲铜
击鼓之后,我们把在黑暗中跳舞的心脏叫作月亮
这月亮主要由你构成

阿尔①的太阳
——给我的瘦哥哥

"一切我所向着自然创作的,是栗子,从火中取出来的。啊,那些不信仰太阳的人是背弃了神的人。"②

到南方去

到南方去

你的血液里没有情人和春天

没有月亮

面包甚至都不够

朋友更少

只有一群苦痛的孩子,吞噬一切

瘦哥哥凡·高,凡·高啊

从地下强劲喷出的

---

① 阿尔系法国南部一小镇,凡·高在此创作了七八十幅油画,这是他的黄金时期。——海子自注
② 摘自凡·高给弟弟提奥的书信。

火山一样不计后果的

是丝杉和麦田

还是你自己

喷出多余的活命的时间

其实,你的一只眼睛就可以照亮世界

但你还要使用第三只眼,阿尔的太阳

把星空烧成粗糙的河流

把土地烧得旋转

举起黄色的痉挛的手,向日葵

邀请一切火中取栗的人

不要再画基督的橄榄园

要画就画橄榄收获

画强暴的一团火

代替天上的老爷子

洗净生命

红头发的哥哥,喝完苦艾酒

你就开始点这把火吧

烧吧

海上

所有的日子都是海上的日子
穷苦的渔夫
肉疙瘩像一卷笨拙的绳索
在波浪上展开
想抓住远方
闪闪发亮的东西
其实那只是太阳的假笑
他抓住的只是几块会腐烂的木板：
房屋、船和棺材

成群游来鱼的脊背
无始无终
只有关于青春的说法
一触即断

新娘

故乡的小木屋、筷子、一缸清水
和以后许许多多日子
许许多多告别
被你照耀

今天
我什么也不说
让别人去说
让遥远的江上船夫去说
有一盏灯
是河流幽幽的眼睛
闪亮着
这盏灯今天睡在我的屋子里

过完了这个月,我们打开门
一些花开在高高的树上
一些果结在深深的地下

我,以及其他的证人

故乡的星和羊群
像一支支白色美丽的流水
跑过
小鹿跑过
夜晚的目光紧紧追着

在空旷的野地上,发现第一枝植物
脚插进土地
再也拔不出
那些寂寞的花朵
是春天遗失的嘴唇

为自己的日子
在自己的脸上留下伤口
因为没有别的一切为我们作证

我和过去

隔着黑色的土地

我和未来

隔着无声的空气

我打算卖掉一切

有人出价就行

除了火种、取火的工具

除了眼睛

被你们打得出血的眼睛

一只眼睛留给纷纷的花朵

一只眼睛永不走出铁铸的城门

　　黑井

单翅鸟

单翅鸟为什么要飞呢
为什么
头朝着天地
躺着许多束朴素的光线

菩提,菩提想起
石头
那么多被天空磨平的面孔
都很陌生
堆积着世界的一半
摸摸周围
你就会拣起一块
砸碎另一块

单翅鸟为什么要飞呢
我为什么
喝下自己的影子

揪着头发作为翅膀
离开

也不知天黑了没有
穿过自己的手掌比穿过别人的墙壁还难
单翅鸟
为什么要飞呢

肥胖的花朵
喷出水
我眯着眼睛离开
居住了很久的心和世界

你们都不醒来
我为什么
为什么要飞呢

爱情故事

两个陌生人
朝你的城市走来

今天夜晚
语言秘密前进
直到完全沉默

完全沉默的是土地
传出民歌沥沥
淋湿了
此心长得郁郁葱葱

两个猎人
向这座城市走来
向王后走来
身后哒姆哒姆
迎亲的鼓

代表无数的栖息与抚摸

两个陌生人
从不说话
向你的城市走来
是我的两只眼睛

跳跃者

老鼻子橡树
夹住了我的蓝鞋子
我却是跳跃的
跳过榆钱儿
跳过鹅和麦子
一年跳过
十二间空屋子和一些花穗
从一口空气
跳进另一口空气
我是深刻的生命

我走过许多条路
我的袜子里装满了错误
日记本是红色的
是红色的流浪汉
脖子上写满了遗忘的姓名,跳吧
跳够了我就站住

站在山顶上沉默

沉默是山洞

沉默是山洞里一大桶黄金

沉默是因为爱情

春天的夜晚和早晨

夜里

我把古老的根

背到地里去

青蛙绿色的小腿月亮绿色的眼窝

还有一枚绿色的子弹壳,绿色的

在我脊背上

纷纷开花

早晨

我回到村里

轻轻敲门

一只饮水的蜜蜂

落在我的脖子上

她想

我可能是一口高出地面的水井

妈妈打开门

隔着水井

看见一排湿漉漉的树林
对着原野和她
整齐地跪下
妈妈——他们嚷着——
妈妈

不要问我那绿色是什么

头发

灌满阳光和大沙

我是荒野上第一根被晒坏的石柱

耕种黑麦

不要问我那绿色是什么

小鸟像几管颜料

粘住我的面颊

树下有一些穿着服装的陌生人

那时我已走过青海湖,影子滑过钢蓝的冰大坂

不要问我那绿色是什么

木筐挑着土

一步迈上秦岭

秦岭,最初的山

仍然在回忆我们,一窝黄黑的小脑袋——孩子啊

不要问我那绿色是什么

我避开所有的道路

最后长成

站在风熏寓言的石墓上

长成

不要问我那绿色是什么

历史

我们的嘴唇第一次拥有
蓝色的水
盛满陶罐
还有十几只南方的星辰
火种
最初忧伤的别离

岁月呵

你是穿黑色衣服的人
在野地里发现第一枝植物
脚插进土地
再也拔不出
那些寂寞的花朵
是春天遗失的嘴唇

岁月呵,岁月

公元前我们太小
公元后我们又太老
没有谁见到那一次真正美丽的微笑
但我还是举手敲门
带来的象形文字
撒落一地

岁月呵
岁月

到家了
我缓缓摘下帽子
靠着爱我的人
合上眼睛
一座古老的铜像坐在墙壁中间
青铜浸透了泪水

岁月呵

女孩子

她走来
断断续续地走来
洁净的脚印
沾满清凉的露水

她有些忧郁
望望用泥草筑起的房屋
望望父亲
她用双手分开黑发
一枝野樱花斜插着默默无语
另一枝送给了谁
却从没人问起

春天是风
秋天是月亮
在我感觉到时
她已去了另一个地方

那里雨后的篱笆像一条蓝色的

小溪

海上婚礼

海湾

蓝色的手掌

睡满了沉船和岛屿

一对对桅杆

在风上相爱

或者分开

风吹起你的

头发

一张棕色的小网

撒满我的面颊

我一生也不想挣脱

或者如传说那样

我们就是最早的

两个人

住在遥远的阿拉伯山崖后面

苹果园里

蛇和阳光同时落入美丽的小河

你来了

一只绿色的月亮

掉进我年轻的船舱

村庄

村庄中住着
母亲和儿子
儿子静静地长大
母亲静静地注视

芦花丛中
村庄是一只白色的船
我妹妹叫芦花
我妹妹很美丽

自画像

镜子是摆在桌上的

一只碗

我的脸

是碗中的土豆

嘿,从地里长出了

这些温暖的骨头

1985

你是我的,

半截的诗,

不许别人更改一个字。

——《半截的诗》

活在珍贵的人间

活在这珍贵的人间

太阳强烈

水波温柔

一层层白云覆盖着

我

踩在青草上

感到自己是彻底干净的黑土块

活在这珍贵的人间

泥土高溅

扑打面颊

活在这珍贵的人间

人类和植物一样幸福

爱情和雨水一样幸福

你的手

北方
拉着你的手
手
摘下手套
她们就是两盏小灯

我的肩膀
是两座旧房子
容纳了那么多
甚至容纳过夜晚
你的手
在他上面
把他们照亮

于是有了别后的早上
在晨光中
我端起一碗粥

想起隔山隔水的

北方

有两盏灯

只能远远地抚摸

得不到你

得不到你
我用河水做成的妻子
得不到你
我的有弱点的妇女

得不到你
妻子滑动河水
情意泥沙俱下

其余的家庭成员俯伏在锅勺上
得不到你
有弱点的爱情

我们确实被太阳烤焦,秋天内外
我不能再保护自己
我不能再
让爱情随便受伤

得不到你

但我同时又在秋天成亲

歌声四起

中午

中午是一丛美丽的树枝
中午是一丛眼睛画成的树枝
看着你

看着你从门前走过
或是走进我的门

走进门
你在

你在一生的情义中
来到
落下布帆
仿佛水面上我握住你的手指

(手指
是船)

心上人

爱着,第一次

都很累,船

泊在整个清澈的中午

"你喝水吧

我给你倒了

一碗水"

写字间里

中午是一丛眼睛画成的

看着你

房屋

你在早上
碰落的第一滴露水
肯定和你的爱人有关
你在中午饮马
在一枝青丫下稍立片刻
也和她有关
你在暮色中
坐在屋子里,不动
还是与她有关

你不要不承认

巨日消隐,泥沙相会,狂风奔起
那雨天雨地哭得有情有意
而爱情房屋温情地坐着
遮蔽母亲也遮蔽儿子

遮蔽你也遮蔽我

夏天的太阳

夏天
如果这条街没有鞋匠

我就打着赤脚
站在太阳下看太阳

我想到在白天出生的孩子
一定是出于故意

你来人间一趟
你要看看太阳

和你的心上人
一起走在街上

了解她
也要了解太阳

（一组健康的工人
正午抽着纸烟）

夏天的太阳
太阳

当年基督入世
也在这太阳下长大

哑脊背

一个穿雨衣的陌生人
来到这座干旱已久的城

(阳光下
他水国的口音很重)

这里的日头直射
人们的脊背

只有夜晚
月亮吸住面孔

月亮也是古诗中
一座旧矿山

只有一个穿雨衣的陌生人
来到这座干旱已久的城

在众人的脊背上

看出了水涨潮,看到了黄河波浪

只有解缆者

又咸又腥

我请求：雨

我请求熄灭
生铁的光、爱人的光和阳光
我请求下雨
我请求
在夜里死去

我请求在早上
你碰见
埋我的人

岁月的尘埃无边
秋天
我请求：
下一场雨
洗清我的骨头

我的眼睛合上

我请求:
雨
雨是一生过错
雨是悲欢离合

为了美丽

为了美丽
我砸了一个坑
也是为了下雨

清亮的积水上
高一只
低一只
小雨儿如鸟

羽毛湿湿
掀动你的红头巾
都是为了美丽

提着裤带的小男孩
那时刻
戴一只黑帽子

明天醒来我会在哪一只鞋子里

我想我已经够小心翼翼的

我的脚趾正好十个

我的手指正好十个

我生下来时哭几声

我死去时别人又哭

我不声不响地

带来自己这个包袱

尽管我不喜爱自己

但我还是悄悄打开

我在黄昏时坐在地球上

我这样说并不表明晚上

我就不在地球上　早上同样

地球在你屁股下

结结实实

老不死的地球你好

或者我干脆就是树枝

我以前睡在黑暗的壳里

我的脑袋就是我的边疆

就是一颗梨

在我成形之前

我是知冷知热的白花

或者我的脑袋是一只猫

安放在肩膀上

造我的女主人荷月远去

成群的阳光照着大猫小猫

我的呼吸

一直在证明

树叶飘飘

我不能放弃幸福

或相反

我以痛苦为生

埋葬半截

来到村口或山上

我盯住人们死看:
呀,生硬的黄土,人丁兴旺

夜月

一扇又一扇门
推开树林
太阳把血
放入灯盏

河静静卧在
人的村庄
人居住的地方
人的门环上

鸟巢挂在
离人间八尺
的树上
我仿佛离人间二丈

一切都原模原样
一切都存入

人的

世世代代的脸，一切不幸

我仿佛

一口祖先们

向后代挖掘的井

一切不幸都源于，我幽深的水

孤独的东方人

孤独的东方人第一次感到月光遍地
月亮如轻盈的野兽
踩入林中
孤独的东方人第一次随我这月亮爬行

(爱人像一片叶子完整地藏在树上
正是她只身随我进入河流)

爬行中
不能没有
一路思念
让我谢谢你,几番追逐之后
爱情远遁心中
让我在树下和夜晚对面而坐

(爱人说孩子
孩子是

落入怀中的阳光

哇哇大哭）

于是

孤独的东方人开口闭口之间

太阳已出

我爬行只求：

孩子平安

我爬行只求：人爱我心

城里

面对棵棵绿树

坐着

一动不动

汽车声音响起在

脊背上

我这就想把我这

盖满落叶的旧外套

寄给这城里

任何一个人

这城里

有我的一份工资

有我的一份水

这城里

我爱着一个人

我爱着两只手

我爱着十只小鱼

跳进我的头发

我最爱煮熟的麦子

谁在这城里快活地走着

我就爱谁

麦地

吃麦子长大的
在月亮下端着大碗
碗内的月亮
和麦子
一直没有声响

和你俩不一样
在歌颂麦地时
我要歌颂月亮

月亮下
连夜种麦的父亲
身上像流动金子

月亮下
有十二只鸟
飞过麦田

有的衔起一颗麦粒

有的则迎风起舞,矢口否认

看麦子时我睡在地里

月亮照我如照一口井

家乡的风

家乡的云

收聚翅膀

睡在我的双肩

麦浪——

天堂的桌子

摆在田野上

一块麦地

收割季节

麦浪和月光

洗着快镰刀

月亮知道我

有时比泥土还要累
而羞涩的情人
眼前晃动着
麦秸

我们是麦地的心上人
收麦这天我和仇人
握手言和
我们一起干完活
合上眼睛,命中注定的一切
此刻我们心满意足地接受

妻子们兴奋地
不停用白围裙
擦手

这时正当月光普照大地。
我们各自领着
尼罗河、巴比伦或黄河
的孩子　在河流两岸

在群蜂飞舞的岛屿或平原

洗了手

准备吃饭

就让我这样把你们包括进来吧

让我这样说

月亮并不忧伤

月亮下

一共有两个人

穷人和富人

纽约和耶路撒冷

还有我

我们三个人

一同梦到了城市外面的麦地

白杨树围住的

健康的麦地

健康的麦子

养我性命的麦子！

半截的诗

你是我的

半截的诗

半截用心爱着

半截用肉体埋着

你是我的

半截的诗

不许别人更改一个字

1986

目击众神死亡的草原上野花一片
远在远方的风比远方更远
我的琴声呜咽　泪水全无
我把这远方的远归还草原
——《九月》

九月

目击众神死亡的草原上野花一片
远在远方的风比远方更远
我的琴声呜咽　泪水全无
我把这远方的远归还草原
一个叫马头　一个叫马尾
我的琴声呜咽　泪水全无

远方只有在死亡中凝聚野花一片
明月如镜高悬草原映照千年岁月
我的琴声呜咽　泪水全无
只身打马过草原

给母亲（组诗）

1. 风

风很美　果实也美
小小的风很美
自然界的乳房也美

水很美　水啊
无人和你
说话的时刻很美

你家中破旧的门
遮住的贫穷很美

风　吹遍草原
马的骨头　绿了

2. 泉水

泉水　泉水

生物的嘴唇

蓝色的母亲

用肉体

用野花的琴

盖住岩石

盖住骨头和酒杯

3. 云

母亲

老了,垂下白发

母亲你去休息吧

山坡上伏着安静的儿子

就像山腰安静的水

流着天空

我歌唱云朵

雨水的姐妹

美丽的求婚

我知道自己颂扬情侣的诗歌没有了用场

我歌唱云朵

我知道自己终究会幸福

和一切圣洁的人

相聚在天堂

4. 雪

妈妈又坐在家乡的矮凳子上想我

那一只凳子仿佛是我积雪的屋顶

妈妈的屋顶

明天早上

霞光万道

我要看到你

妈妈，妈妈

你面朝谷仓

脚踏黄昏

我知道你日见衰老

5. 语言和井

语言的本身

像母亲

总有话说,在河畔

在经验之河的两岸

在现象之河的两岸

花朵像柔美的妻子

倾听的耳朵和诗歌

长满一地

倾听受难的水

水落在远方

歌:阳光打在地上

阳光打在地上
并不见得
我的胸口在疼
疼又怎样
阳光打在地上

这地上
有人埋过羊骨
有人运过箱子、陶瓶和宝石
有人见过牧猪人,那是长久的漂泊之后
阳光打在地上,阳光依然打在地上

这地上
少女们多得好像
我真有这么多女儿
真的曾经这样幸福
用一根水勺子

用小豆、菠菜、油菜

把她们养大

阳光打在地上

在昌平的孤独

孤独是一只鱼筐
是鱼筐中的泉水
放在泉水中

孤独是泉水中睡着的鹿王
梦见的猎鹿人
就是那用鱼筐提水的人

以及其他的孤独
是柏木之舟中的两个儿子
和所有女儿,围着诗经桑麻沅湘木叶
在爱情中失败
他们是鱼筐中的火苗
沉到水底

拉到岸上还是一只鱼筐
孤独不可言说

从六月到十月

六月积水的妇人,囤积月光的妇人

七月的妇人,贩卖棉花的妇人

八月的树下

洗耳朵的妇人

我听见对面窗户里

九月订婚的妇人

订婚的戒指

像口袋里潮湿的小鸡

十月的妇人则在婚礼上

吹熄盘中的火光,一扇扇漆黑的木门

飘落在草原上

给卡夫卡

囚徒核桃的双脚

在冬天放火的囚徒
无疑非常需要温暖
这是亲如母亲的火光
当他被身后的几十根玉米砸倒
在地,这无疑又是
富农的田地

当他想到天空
无疑还是被太阳烧得一干二净
这太阳低下头来,这脚镣明亮
无疑还是自己的双脚,如同核桃
埋在故乡的钢铁里
工程师的钢铁里

天鹅

夜里,我听见远处天鹅飞越桥梁的声音
我身体里的河水
呼应着她们

当她们飞越生日的泥土、黄昏的泥土
有一只天鹅受伤
其实只有美丽吹动的风才知道
她已受伤。她仍在飞行

而我身体里的河水却很沉重
就像房屋上挂着的门扇一样沉重
当她们飞过一座远方的桥梁
我不能用优美的飞行来呼应她们

当她们像大雪飞过墓地
大雪中却没有路通向我的房门
——身体没有门——只有手指

竖在墓地,如同十根冻伤的蜡烛

在我的泥土上
在生日的泥土上
有一只天鹅受伤
正如民歌手所唱

不幸

四月的日子　最好的日子
和十月的日子　最好的日子
比四月更好的日子
像两匹马　拉着一辆车
把我拉向医院的病床
和不幸的病痛

有一座绿色悬崖倒在牧羊人怀中
两匹马
在山上飞

两匹马
白马和红马
积雪和枫叶
犹如姐妹
犹如两种病痛
的鲜花

海子小夜曲

以前的夜里我们静静地坐着

我们双膝如木

我们支起了耳朵

我们听得见平原上的水和诗歌

这是我们自己的平原,夜晚和诗歌

如今只剩下我一个

只有我一个双膝如木

只有我一个支起了耳朵

只有我一个听得见平原上的水

  诗歌中的水

在这个下雨的夜晚

如今只剩下我一个

为你写着诗歌

这是我们共同的平原和水

这是我们共同的夜晚和诗歌

是谁这么说过　海水

要走了　要到处看看

我们曾在这儿坐过

给你(组诗)

1.

在赤裸的高高的草原上

我相信这一切:

我的脚,一颗牝马的心

两道犁沟,大麦和露水

在那高高的草原上,白云浮动

我相信天才,耐心和长寿

我相信有人正慢慢地艰难地爱上我

别的人不会,除非是你

我俩一见钟情

在那高高的草原上

赤裸的草原上

我相信这一切

我相信我俩一见钟情

2.

我爱你
跑了很远的路
马睡在草上
月亮照着他的鼻子

3.

爱你的时刻
住在旧粮仓里
写诗在黄昏

我曾和你在一起
在黄昏中坐过
在黄色麦田的黄昏
在春天的黄昏
我该对你说些什么

黄昏是我的家乡

你是家乡静静生长的姑娘

你是在静静的情义中生长

没有一点声响

你一直走到我心上

4.

当她在北方草原摘花的时候

我的双手驶过南方水草

用十指拨开

寂寞的家门

她家木门下几个姐妹的脸

亲人的脸

像南方的雨

真正的雨水

落在我头上

5.

冬天的人
像神祇一样走来
因为我在冬天爱上了你

给 B[①] 的生日

天亮我梦见你的生日
好像羊羔滚向东方
——那太阳升起的地方

黄昏我梦见我的死亡
好像羊羔滚向西方
——那太阳落下的地方

秋天来到,一切难忘
好像两只羊羔在途中相遇
在运送太阳的途中相遇
碰碰鼻子和嘴唇
——那友爱的地方
那秋风吹凉的地方
那片我曾经吻过的地方

---
① B 为海子的初恋女友,是中国政法大学 1983 级学生。

哭泣

哭泣——一朵乌黑的火焰
我要把你接进我的屋子
屋顶上有两位天使拥抱在一起
哭泣——我是湖面上最后一只天鹅
黑色的天鹅像我黑色的头发在湖水中燃烧
用你这黑色肉体的谷仓带走我
哭泣——一朵乌黑的新娘
我要把你放在我的床上
我的泪水中有对自己的哀伤

我感到魅惑

天上的音乐不会是手指所动
手指本是四肢安排的花豆
我的身子是一份甜蜜的田亩

我感到魅惑
我就想在这条魅惑之河上渡过我自己
我的身子上还有拔不出的春天的钉子

我感到魅惑
美丽女儿,一流到底
水儿仍旧从高向低

坐在三条白蛇编成的篮子里
我有三次渡过这条河
我感到流水滑过我的四肢
一只美丽鱼婆做成我缄默的嘴唇

我看见，风中飘过的女人

在水中产下卵来

一片霞光中露出来的长长的卵

我感到魅惑

满脸草绿的牛儿

倒在我那牧场的门厅

我感到魅惑

有一种蜂箱正沿河送来

蜂箱在睡梦中张开许多鼻孔

有一只美丽的鸟面对树枝而坐

我感到魅惑

我感到魅惑

小人儿，既然我们相爱

我们为什么还在河畔拔柳哭泣

果园

鹿的眼

两扇有婴儿啼哭

的窗户。沉积在

有河水的果园中

鹿的角

打下果实

打下果实中

劳动的妇人

体内美如白雪的婴儿

已被果园的火光

烧伤。妇人依然

低坐

比果树

比鹿

比夜晚

更低。更沉

比谷地更黑

莫扎特在《安魂曲》中说

我所能看见的妇女
水中的妇女
请在麦地之中
清理好我的骨头
如一束芦花的骨头
把它装在琴箱里带回

我所能看见的
洁净的妇女,河流
上的妇女
请把手伸到麦地之中

当我没有希望
坐在一束麦子上回家
请整理好我那零乱的骨头
放入那暗红色的小木柜,带回它
像带回你们富裕的嫁妆

1987

从黎明到黄昏

阳光充足

胜过一切过去的诗

——《幸福的一日》

尼采,你使我想起悲伤的热带

别人的诗:金黄的秋收俯伏在希腊的大理石上

一只陶罐上

镌刻一尾鱼

我住在鱼头

你住在鱼尾

我在冰天雪地的酒馆忙于宗教

冻得全身发红

你头发松开,充满情欲和狂暴

悲伤的热带

南方的岛屿

我的梦之蛇

你踏上雇佣军向南进军的大道

走出战俘营代价昂贵

辉煌的十年疯狂之门

一眼望见天堂里诗人歌唱的梨花朵朵

像原始人交换新娘后

堆积在梦中岛屿上的盐

水滴中千万颗乳房

歌唱我的一生

热带是

我的心情

是　国王的女儿

蜥蜴和袋鼠跳跃峡谷的女儿

和我

另一位呢喃而疯狂的诗人

同住在一只壶里

我的心情逼迫群蛇起舞　拥抱死亡的鹰

热带的悲伤少女

季节和岁月的火焰

你们都在十五岁就一命归天

水滴中千万颗乳房

归于虚无的热带

古老猎手萌生困惑

在山顶自缢

九首诗的村庄

秋夜美丽

使我旧情难忘

我坐在微温的地上

陪伴粮食和水

九首过去的旧诗

像九座美丽的秋天下的村庄

使我旧情难忘

大地在耕种

一语不发,住在家乡

像水滴、丰收或失败

住在我心上

野花

野花
和平与情歌
的村庄
女儿的女儿
野花

中国丁香的少女!
在林中酣睡
长发似水
容貌美丽无比
你是囚禁在一颗褐色星球上孤独的情人!

野兽的琴
各色小鸟秘密的隐衷
大地彩色的屋顶
太小太美
如心

心啊
雨和幸福
的女儿
水滴爱你
伴侣爱你
我爱你
野花自己也爱你

日出
——见于一个无比幸福的早晨的日出

在黑暗的尽头

太阳,扶着我站起来

我的身体像一个亲爱的祖国,血液流遍

我是一个完全幸福的人

我再也不会否认

我是一个完全的人我是一个无比幸福的人

我全身的黑暗因太阳升起而解除

我再也不会否认　天堂和国家的壮丽景色

和她的存在……在黑暗的尽头!

北方的树林

槐树在山脚开花
我们一路走来
躺在山坡上　感受茫茫黄昏
远山像幻觉　默默停留一会

摘下槐花
槐花在手中放出香味
香味　来自大地无尽的忧伤
大地孑然一身　至今仍孑然一身

这是一个北方暮春的黄昏
白杨萧萧　草木葱茏
淡红色云朵在最后静止不动
看见了饱含香脂的松树

是啊，山上只有槐树　杨树和松树
我们坐下　感受茫茫黄昏

莫非这就是你我的黄昏

麦田吹来微风　顷刻沉入黑暗

月光

今夜美丽的月光　你看多好!
照着月光
饮水和盐的马
和声音

今夜美丽的月光　你看多美丽
羊群中　生命和死亡宁静的声音
我在倾听!

这是一只大地和水的歌谣,月光!

不要说　你是灯中之灯　月光!

不要说心中有一个地方
那是我一直不敢梦见的地方
不要问　桃子对桃花的珍藏
不要问　打麦大地　处女　桂花和村镇

今夜美丽的月光　你看多好!

不要说死亡的烛光何须倾倒
生命依然生长在忧愁的河水上
月光照着月光　月光普照
今夜美丽的月光合在一起流淌

灯

我们坐在灯上
我们火光通明
我们做梦的胳膊搂在一起
我们栖息的桌子飘向麦地
我们安坐的灯火涌向星辰

灯光,我明丽又温暖
的橘黄的雪
披上新娘的微黄的发辫

(灯
只有你
你仿佛无鞋
你总是行色匆匆)
灯,你的名字
掌在我手上
灯,月亮上

亮起的心

和眼睛

灯

躲在山谷

躲在北方山顶的麦地

灯啊

我们做梦的房子飘向麦田

桌子上安放求婚的杯盏

祈求和允诺的嘴唇

是灯

灯

一丛美丽

暖和

一个名字

我的秘密

我的新娘

叫小灯

灯

明天的雪中新娘

安坐在屋中

你为什么无鞋

你为什么

竖起一根通红的手指

挡住出嫁日期

灯诗

灯,从门窗向外生活
灯啊是我内心的春天向外生活
黑暗的蜜之女王
向外生活,"有这样一只美丽的手向外生活"

火种蔓延的灯啊
是我内心的春天有人放火
没有火光,没有火光烧坏家乡的门窗
春天也向外生长
度过炎炎大火的一颗火
却被秋天遍地丢弃
让白雪走在酒上享受生活

你是灯
是我胸脯上的黑夜之蜜
灯,怀抱着黑夜之心
烧坏我从前的生活和诗歌

灯,一手放火,一手享受生活

茫茫长夜从四方围拢

如一场黑色的大火

春天也向外生长

还给我自由,还给我黑暗的蜜、空虚的蜜

孤独一人的蜜

我宁愿在明媚的春光中默默死去

"有这样一只美丽的手在酒上生活"

要让白雪走在酒上享受生活

晨雨时光

小马在草坡上一跳一跳
这青色麦地晚风吹拂
在这个时刻　我没有想到
五盏灯竟会同时亮起

青麦地像马的仪态　随风吹拂
五盏灯竟会一盏一盏地熄灭

往后　雨会下到深夜　下到清晨
天色微明
山梁上定会空无一人

不能携上路程
当众人齐集河畔　高声歌唱生活
我定会孤独返回空无一人的山峦

麦地(或遥远)

发自内心的困扰　饱含麦粒的麦地
内心暴烈
麦粒在手上缠绕

麦粒　大地的裸露
大地的裸露　在家乡多孤独
坐在麦地上忘却粮仓　歉收或充盈的痛苦
谷仓深处倾吐一句真挚的诗　亲人的询问

幸福不是灯火
幸福不能照亮大地
大地遥远　清澈镌刻
痛苦
海水的光芒
映照在绿色粮仓上
鱼鲜撞动

沙漠之上的雪山

天空的刀刃

冰川　散开大片羽毛的光

大片的光　在河流上空　痛苦地飞翔

幸福的一日
——致秋天的花楸树

我无限地热爱着新的一日
今天的太阳　今天的马　今天的花楸树
使我健康　富足　拥有一生

从黎明到黄昏
阳光充足
胜过一切过去的诗
幸福找到我
幸福说:"瞧　这个诗人
他比我本人还要幸福"

在劈开了我的秋天
在劈开了我的骨头的秋天
我爱你,花楸树

献诗
——给 S

谁在美丽的早晨
谁在这一首诗中

谁在美丽的火中　飞行
并对我有无限的赠予

谁在炊烟散尽的村庄
谁在晴朗的高空

天上的白云
是谁的伴侣

谁身体黑如夜晚　两翼雪白
在思念　在鸣叫

谁在美丽的早晨

谁在这一首诗中

十四行：王冠

我所热爱的少女
河流的少女
头发变成了树叶
两臂变成了树干

你既然不能做我的妻子
你一定要成为我的王冠
我将和人间的伟大诗人一同佩戴
用你美丽叶子缠绕我的竖琴和箭袋

秋天的屋顶　时间的重量
秋天又苦又香
使石头开花　像一顶王冠

秋天的屋顶又苦又香
空中弥漫着一顶王冠
被劈开的月桂和扁桃的苦香

十四行：玫瑰花园

明亮的夜晚
我来到玫瑰花园
我脱下诗歌的王冠
和沉重的土地的盔甲

玫瑰花园　　玫瑰花园
我们住在绝色美人的身旁　　仿佛住在月亮上
我们谈论佛光中显出的美丽身影
和雪水浇灌下你的美丽的家园

我们谈到但丁　　和他的永恒的贝亚德丽丝
以及天国、通往那儿永恒的天路历程
四川，我诗歌中的玫瑰花园
那儿诞生了你——像一颗早晨的星那样美丽

明亮的夜晚　　多么美丽而明亮
仿佛我们要彻夜谈论玫瑰直到美丽的晨星升起。

八月之杯

八月逝去　山峦清晰
河水平滑起伏
此刻才见天空
天空高过往日

有时我想过
八月之杯中安坐真正的诗人
仰视来去不定的云朵
也许我一辈子也不会将你看清

一只空杯子　装满了我撕碎的诗行
一只空杯子　——可曾听见我的喊叫？！
一只空杯子内的父亲啊
内心的鞭子将我们绑在一起抽打

秋

秋天深了,神的家中鹰在集合

神的故乡鹰在言语

秋天深了,王在写诗

在这个世界上秋天深了

该得到的尚未得到

该丧失的早已丧失

为什么你不生活在沙漠上

为什么你不生活在沙漠上
英雄的可怜而可爱的伴侣
我那唯一人在何方?
用酒调着火所能留下的灰　写下几首诗?

我的形象开始上升
主宰着你的心灵!
孤独守候着
一个健康的声音!

绝望之神　你在何方?
为什么你不生活在沙漠上!
我是谁手里磨刀的石块?
我为何要把赤子带进海洋

海子躺在地上
天空上

海子的两朵云
说:
你要把事业留给兄弟　留给战友
你要把爱情留给姐妹　留给爱人
你要把孤独留给海子　留给自己

祖国（或以梦为马）

我要做远方的忠诚的儿子
和物质的短暂情人
和所有以梦为马的诗人一样
我不得不和烈士和小丑走在同一道路上

万人都要将火熄灭　我一人独将此火高高举起
此火为大　开花落英于神圣的祖国
和所有以梦为马的诗人一样
我藉此火得度一生的茫茫黑夜

此火为大　祖国的语言和乱石投筑的梁山城寨
以梦为上的敦煌——那七月也会寒冷的骨骸
如雪白的柴和坚硬的条条白雪　横放在众神之山
和所有以梦为马的诗人一样
我投入此火　这三者是囚禁我的灯盏　吐出光辉

万人都要从我刀口走过　去建筑祖国的语言

我甘愿一切从头开始

和所有以梦为马的诗人一样

我也愿将牢底坐穿

众神创造物中只有我最易朽　带着不可抗拒的死亡
的速度

只有粮食是我珍爱　我将她紧紧抱住　抱住她　在
故乡生儿育女

和所有以梦为马的诗人一样

我也愿将自己埋葬在四周高高的山上　守望平静家园

面对大河我无限惭愧

我年华虚度　空有一身疲倦

和所有以梦为马的诗人一样

岁月易逝　一滴不剩　水滴中有一匹马儿一命归天

千年后如若我再生于祖国的河岸

千年后我再次拥有中国的稻田　和周天子的雪山

天马踢踏

和所有以梦为马的诗人一样

我选择永恒的事业

我的事业　就是要成为太阳的一生
他从古至今——"日"——他无比辉煌无比光明
和所有以梦为马的诗人一样
最后我被黄昏的众神抬入不朽的太阳

太阳是我的名字
太阳是我的一生
太阳的山顶埋葬　诗歌的尸体——千年王国和我
骑着五千年凤凰和名字叫"马"的龙——我必将失败
但诗歌本身以太阳必将胜利

长发飞舞的姑娘（五月之歌）

玫瑰谢了，玫瑰谢了

如早嫁的姐妹飘落，飘落四方

我红色的姐姐，我白色的妹妹

大地和水挽留了她们　熄灭了她们

她们黯然熄灭，永远沉默却是为何？

姐妹们，你们能否告诉我

你们永久的沉默是为了什么

长发飞舞的黑眼睛姑娘

不像我的姐姐　也不像妹妹

不似早嫁的姐妹迟迟不归

如今我坐在街镇的一角

为你歌唱，远离了五谷丰盛的村庄

夜晚　亲爱的朋友

在什么树林，你酒瓶倒倾
你和泪饮酒，在什么树林，把亲人埋葬

在什么河岸，你最寂寞
搬进了空荡的房屋，你最寂寞，点亮灯火

什么季节，你最惆怅
放下了忙乱的箩筐
大地茫茫，河水流淌
是什么人掌灯，把你照亮

哪辆马车，载你而去，奔向远方
奔向远方，你去而不返，是哪辆马车

马、火、灰——鼎

有了安慰,马飞来了,甚至有了盐,有了死亡

有了安慰,有了爪子,有了牙,甚至有了故乡,不缺乏春天
仍然缺少一具多么坚强的骷髅牢牢锁住我　多么牢固
我的舞蹈举起一片消费人血的灯
和耗尽什么的头颅　麦芒在煮光了自己之后
只剩下空秆之火　不尽诉说

有了安慰,有了马、火、灰、鼎,甚至有了夜晚
仍然缺少鬼魂,死过一次的缺少再次死亡
两姐妹只死了一个,天空却需要她们全部死亡
最好是无人收拾雪白的骨殖　任荒山更加荒芜下去
只剩下一片沙漠　和　戈壁

有了安慰,而我们是多么缺少绝望
我所在的地方滴水不存,寸草不生,没有任何生长

1988

草原尽头我两手空空
悲痛时握不住一颗泪滴
姐姐,今夜我在德令哈
这是雨水中一座荒凉的城
——《日记》

日记

姐姐,今夜我在德令哈,夜色笼罩
姐姐,我今夜只有戈壁

草原尽头我两手空空
悲痛时握不住一颗泪滴
姐姐,今夜我在德令哈
这是雨水中一座荒凉的城

除了那些路过的和居住的
德令哈……今夜
这是唯一的,最后的,抒情。
这是唯一的,最后的,草原。

我把石头还给石头
让胜利的胜利
今夜青稞只属于她自己
一切都在生长

今夜我只有美丽的戈壁　空空

姐姐，今夜我不关心人类，我只想你

野鸽子

当我面朝火光
野鸽子　在我家门前的细树上
吐出黑色的阴影的火焰

野鸽子
——这黑色的诗歌标题　我的懊悔
和一位隐身女诗人的姓名

这究竟是山喜鹊之巢还是野鸽子之巢
在夜色和奥秘中
野鸽子　打开你的翅膀
飞往何方？　在永久之中

你将飞往何方？！

野鸽子是我的姓名

黑夜颜色的奥秘之鸟

我们相逢于一场大火

眺望北方

我在海边为什么却想到了你
不幸而美丽的人　我的命运
想起你　我在岩石上凿出窗户
眺望光明的七星
眺望北方和北方的七位女儿
在七月的大海上闪烁流火

为什么我用斧头饮水　饮血如水
却用火热的嘴唇来眺望
用头颅上鲜红的嘴唇眺望北方
也许是因为双目失明

那么我就是一个盲目的诗人
在七月的最早几天
想起你　我今夜跑尽这空无一人的街道
明天，明天起来后我要重新做人
我要成为宇宙的孩子　世纪的孩子

挥霍我自己的青春

然后放弃爱情的王位

　　去做铁石心肠的船长

走遍一座座喧闹的都市

　　我很难梦见什么

除了那第一个七月,永远的七月

七月是黄金的季节啊

当穷苦的人在渔港里领取工钱

我的七月萦绕着我,像那条爱我的孤单的蛇

——她将在痛楚苦涩的海水里度过一生

跳伞塔

我在一个北方的寂寞的上午
一个北方的上午
思念着一个人

我是一些诗歌草稿
你是一首诗

我想抱着满山火红的杜鹃花
走入静静的跳伞塔

我清楚地意识到
前面就是一条大河
和一个广大的北方草原

美丽总是使我沉醉

已经有人

开始照耀我

在那偏僻拥挤的小月台上

你像星星照耀我的路程

在这座山上

为什么我只看见这么一棵

美丽的杜鹃?

我只看见这么一棵

果然火红而美丽

我在这个夜晚

我住在山腰

房子里

我的前面充满了泉水

或溪涧之水的声音

静静的跳伞塔

心醉的屋子　你打开门

让我永远在这幸福的门中

北方　那片起伏的山峰

远远的

只有九棵树

四行诗

1. 思念

像此刻的风

骤然吹起

我要抱着你

坐在酒杯中

2. 星

草原上的一滴泪

汇集了所有的愤怒和屈辱

泪水,走遍一切泪水

仍旧只是一滴

3. 哭泣

天鹅像我黑色的头发在湖水中燃烧

我要把你接进我的家乡

有两位天使放声悲歌

痛苦地拥抱在家乡屋顶上

4. 大雁

绿蒙蒙的草原上

一个美好少女

在月光照耀的地方

说　好好活吧，亲爱的人

5.[①]

当强盗留下遗言后

夜深独坐，把地牢当作果园

月亮吹着一匹强盗的马

流淌着泪水

---

① 海子未列小标题。

6.海伦

盲诗人荷马

梦着　得到女儿

看得见她　捧着杯子

用我们的双眼站在他面前

远方

远方除了遥远一无所有

遥远的青稞地
除了青稞　一无所有

更远的地方　更加孤独
远方啊　除了遥远　一无所有

这时　石头
飞到我身边

石头　长出　血
石头　长出　七姐妹

站在一片荒芜的草原上

那时我在远方

那时我自由而贫穷

这些不能触摸的　姐妹
这些不能触摸的　血
这些不能触摸的　远方的幸福
远方的幸福　是多少痛苦

在大草原上预感到海的降临

我的双手触到草原,
黑色孤独的夜的女儿。

我为我自己铺下干草
夜的女儿,我也为你。

牧羊女打开自己——
一只黑色的羊
蹲伏在你的腹部。

多么温暖的火红的岩石
多么柔软地躺在马车上
月亮形的马,进入了海底。

一夜之间,草原是如此遥远,如此深厚,如此神秘。
海也一样。

一夜之间,

草贴着地长,

你我都是草中的羊。

黑翅膀

今夜在日喀则,上半夜下起了小雨
只有一串北方的星,七位姐妹
紧咬雪白的牙齿,看见了我这一对黑翅膀

北方的七星　照不亮世界
牧女头枕青稞独眠一天的地方今夜满是泥泞
今夜在日喀则,下半夜天空满是星辰

但夜更深就更黑,但毕竟黑不过我的翅膀
今夜在日喀则,借床休息,听见婴儿的哭声
为了什么这个小人儿感到委屈?是不是因为她感到了黑夜中的幸福

愿你低声啜泣　但不要彻夜不眠
我今夜难以入睡是因为我这双黑过黑夜的翅膀
我不哭泣　也不歌唱　我要用我的翅膀飞回北方

飞回北方　北方的七星还在北方

只不过在路途上指示了方向，就像一种思念

她长满了我的全身　在烛光下酷似黑色的翅膀

青海湖

这骄傲的酒杯

为谁举起

荒凉的高原

天空上的鸟和盐　为谁举起

波涛从孤独的十指退去

白鸟的岛屿,儿子们围住

在相距遥远的肮脏镇上。

一只骄傲的酒杯

青海的公主　请把我抱在怀中

我多么贫穷,多么荒芜,我多么肮脏

一双雪白的翅膀也只能给我片刻的幸福

我看见你从太阳中飞来

蓝色的公主　青海湖

我孤独的十指化为天空上雪白的鸟

大风

起风的黄昏好像去年秋天
树木损伤的香味弥漫四周

想她头发飘飘
面颊微微发凉
守着她的母亲
抱着她的女儿
坐在盆地中央
坐在她的家中

黄昏幽暗降临
大风刮过天空
万风之王起舞
化为树木受伤

无名的野花

看不见你,十六岁的你
看不见无名的,芳香的
正在开花的你。

看不见提着鞋子　在雨中
走在大草原上的
恍惚的女神

看不见你,小小的年纪
一身红色地走在
空荡荡的风中

来到我身边,
你已经成熟,
你的头发垂下像黑夜。
我是黑夜中孤独的僧侣
埋下种籽在石窟中,

我将这九盏灯

嵌入我的肋骨。

无论是白色的还是绿色的

起自天堂或地府的

青海湖上的大风

吹开了紫色血液

开上我的头颅，

我何时成了这一朵

无名的野花？

花儿为什么这样红

透过泪水看见马车上堆满了鲜花。

豹子和鸟,惊慌地倒下,像一滴泪水
——透过泪水看见
马车上堆满了鲜花。

风,你四面八方
多少绿色的头发,多少姐妹
挂满了雨雪。

坐在夜王为我铺草的马车中。

黑夜,你就是这巨大的歌唱的车辆
围住了中间
说话的火。

一夜之间,草原如此深厚,如此神秘,如此遥远

我断送了自己的一生

在北方悲伤的黄昏的原野。

夜丁香

丁香

你洁白芬芳

如风

盈盈的

揉进冬天的沙漠

如雪

六角的

开满沉默的夜

你叶上的泪滴

如星

海蓝海蓝的

眨眼　微笑

丁香

为什么

从没听过

你的叹息

　　——丁香

1989

在春天,野蛮而悲伤的海子
就剩下这一个,最后一个
——《春天,十个海子》

面朝大海,春暖花开

从明天起,做一个幸福的人
喂马,劈柴,周游世界
从明天起,关心粮食和蔬菜
我有一所房子,面朝大海,春暖花开

从明天起,和每一个亲人通信
告诉他们我的幸福
那幸福的闪电告诉我的
我将告诉每一个人

给每一条河每一座山取一个温暖的名字
陌生人,我也为你祝福
愿你有一个灿烂的前程
愿你有情人终成眷属
愿你在尘世获得幸福
我只愿面朝大海,春暖花开

四姐妹

荒凉的山冈上站着四姐妹
所有的风只向她们吹
所有的日子都为她们破碎

空气中的一棵麦子
高举到我的头顶
我身在这荒芜的山冈
怀念我空空的房间,落满灰尘

我爱过的这糊涂的四姐妹啊
光芒四射的四姐妹
夜里我头枕卷册和神州
想起蓝色远方的四姐妹
我爱过的这糊涂的四姐妹啊
像爱着我亲手写下的四首诗
我的美丽的结伴而行的四姐妹
比命运女神还要多出一个

赶着美丽苍白的奶牛，走向月亮形的山峰

到了二月，你是从哪里来的
天上滚过春天的雷，你是从哪里来的
不和陌生人一起来
不和运货马车一起来
不和鸟群一起来

四姐妹抱着这一棵
一棵空气中的麦子
抱着昨天的大雪，今天的雨水
明日的粮食与灰烬
这是绝望的麦子
请告诉四姐妹：这是绝望的麦子
永远是这样
风后面是风
天空上面是天空
道路前面还是道路

神秘的二月的时光

噙住泪水,在神秘的
二月的时光

神秘的二月的时光
经过北方单调的平原
来到积雪的山顶
群山正在下雪
山坳中梅树流淌着今年冬天的血
无人知道的,寂静的鲜血

献诗

废弃不用的地平线
为我在草原和雪山升起
脚下尘土黑暗而温暖
大地也将带给我天堂的雷电

家乡的屋顶下摆满了结婚的酒席
陪伴我的全是海水和尘土,全是乡亲
今天,太阳的新娘就是你
太平洋上唯一的人,远在他方

歌或哭

我把包裹埋在果树下
我是在马厩里歌唱
是在歌唱

木床上病中的亲属
我只为你歌唱
你坐在拖鞋上
像一只白羊默念拖着尾巴的
另一只白羊
你说你孤独
就像很久以前
长星照耀十三个州府
的那样孤独
你在夜里哭着
像一只木头一样哭着
像花色的土散着香气

遥远的路程

十四行献给89年初的雪

我的灯和酒坛上落满灰尘

而遥远的路程上却干干净净

我站在元月七日的大雪中,还是四年以前的我

我站在这里,落满了灰尘,四年多像一天,没有变动

大雪使屋子内部更暗,待到明日天晴

阳光下的大雪刺痛人的眼睛,这是雪地,使人羞愧

一双寂寞的黑眼睛多想大雪一直下到他内部

雪地上树是黑暗的,黑暗得像平常天空飞过的鸟群

那时候你是愉快的,忧伤的,混沌的

大雪今日为我而下,映照我的肮脏

我就是一把空空的铁锹

铁锹空得连灰尘也没有

大雪一直纷纷扬扬

远方就是这样的,就是我站立的地方

遥远的路程

雨水中出现了平原上的麦子
这些雨水中的景色有些陌生
天已黑了,下着雨
我坐在水上给你写信

黑夜的献诗

献给黑夜的女儿

黑夜从大地上升起

遮住了光明的天空

丰收后荒凉的大地

黑夜从你内部上升

你从远方来,我到远方去

遥远的路程经过这里

天空一无所有

为何给我安慰

丰收之后荒凉的大地

人们取走了一年的收成

取走了粮食骑走了马

留在地里的人,埋得很深

草杈闪闪发亮,稻草堆在火上

稻谷堆在黑暗的谷仓

谷仓中太黑暗,太寂静,太丰收

也太荒凉,我在丰收中看到了阎王的眼睛

黑雨滴一样的鸟群

从黄昏飞入黑夜

黑夜一无所有

为何给我安慰

走在路上

放声歌唱

大风刮过山冈

上面是无边的天空

酒杯

你的泪水为我洗去尘土和孤独
你的泪水为我在飞机场周围的稻谷间珍藏
酒杯,你这石头的少女,你这石头的牢房,石头的伞

酒,石头的牢房囚禁又释放的满天奔腾的闪电
昨天一夜明亮的闪电使我的杯子又满又空
看哪!河水带来的泥沙堆起孤独的房屋

看哪!你的房子小得像一只酒杯
你的房子小得像一把石头的伞

多云的天空下　潮湿的风吹干的道路
你找不到我,你就是找不到我,你怎么也找不到我
在昔日山坡的羊群中

酒杯,你是一间又破又黑的旧教室
淹没在一片海水

你和桃花

旷野上头发在十分疲倦地飘动
像太阳飞过花园时留下的阳光

温暖而又有些冰凉的桃花
红色堆积的叛乱的脑髓

部落的桃花，水的桃花，美丽的女奴隶啊
你的头发在十分疲倦地飘动
你脱下像灯火一样的裙子，内部空空
一年又一年，埋在落脚生根的地方

刀在山顶上呼喊"波浪"
你就是桃花，层层的波浪
我就是波浪和灯光中的刀

旷野上　一把刀的头发像灯光明亮
刀的头发在十分疲倦地飘动

那就是桃花,我们在愤怒的河谷滋生的欲望
围着夕阳下建设简陋的家乡

桃花,像石头从血中生长
一个火红的烧毁天空的座位
坐着一千个美丽的女奴,坐着一千个你

最后一夜和第一日的献诗

今夜你的黑头发

是岩石上寂寞的黑夜,

牧羊人用雪白的羊群

填满飞机场周围的黑暗

黑夜比我更早睡去

黑夜是神的伤口

你是我的伤口

羊群和花朵也是岩石的伤口

雪山　用大雪填满飞机场周围的黑暗

雪山女神吃的是野兽穿的是鲜花

今夜　九十九座雪山高出天堂

使我彻夜难眠

太平洋的献诗

太平洋　丰收之后的荒凉的海
太平洋　在劳动后的休息
劳动以前　劳动之中　劳动以后
太平洋是所有的劳动和休息

茫茫太平洋　又混沌又晴朗
海水茫茫　和劳动打成一片
和世界打成一片
世界头枕太平洋
人类头枕太平洋　雨暴风狂
上帝在太平洋上度过的时光　是茫茫海水隐含不露的希望

太平洋没有父母　在太阳下茫茫流淌　闪着光芒
太平洋像上帝老人看穿一切、眼角含泪的眼睛

眼泪的女儿，我的爱人

今天的太平洋不是往日的海洋

今天的太平洋只为我流淌　为着我闪闪发亮

我的太阳高悬上空　照耀这广阔太平洋

拂晓

苍茫的拂晓,黎明

穿上你好久没穿的旧裙子,跟我走

夜的女儿,朝霞的姐妹,黎明

穿过这些山峰,坐落

在这些粗笨的远方和近处

穿过大地的头颅

和河畔这些无人问津的稀疏的荒草

跟我走吧,黎明

你是太阳之火顶端

青色的烟飘渺不定

你就是深夜里刚刚消失又骤然升起的歌声

你穿着一件昨夜弄脏的衣裙走向今天

你嘴里叼着光芒和刀子,披散下的头发遮住

    眼睛、乳房和面容

提着包袱,渡过肮脏的日子,跟我走吧

这鲜血的包袱一路喧闹

一路喧闹，不得安宁

带上你褐色的地母的乳房跟我走吧

哪怕包袱里只有地瓜，乳房里只有水土

悄悄沿着这原始的大地走去

肮脏的大河在尽头猛然将我们推向海洋

苍茫的拂晓，原始的女人

原始的日子中原始的母亲

陌生的妻子披着鱼皮

在海上遨游着产籽的女儿

敲打着船壳　　海洋的埋葬

  太平洋上没有一口钟和一棵梅树

  没有一枝梅花在太平洋上开放

  只有镇子中央

  废弃不用的土和石头

  堆成的荒凉山坡

跟我走吧，黎明

所有的你都是同一个你

  我难以分辨

  谁是你　谁是真正的你

  谁又再一次是你

  绝望的只是你

  永不离开的你

  不在天地间消失

所有的你都默默包扎着死去的你

年老丑陋的女王，这黑夜内部无穷无尽的母亲女王

我早就说过，断头流血的是太阳

所有的你都默默流向同一个方向

断头台是山脉全部的地方

跟我走吧，抛掷头颅，洒尽热血，黎明

新的一天正在来临

夜

夜黑漆漆　有水的村子

鸟叫不定　浅沙下荸荠

那果实在地下长大像哑子叫门

鱼群悄悄潜行如同在一个做梦少女怀中

那时刻有位母亲昙花一现

鸟叫不定　仿佛村子如一颗小鸟的嘴唇

鸟叫不定而小鸟没有嘴唇

你是夜晚的一部分，谁是黑夜的母亲

那夜晚在门前长大像哑子叫门

鸟叫不定像小鸟奉献给黑夜的嘴唇

在门外黑夜的嘴唇

写下了你的姓名

春天，十个海子

春天，十个海子全都复活
在光明的景色中
嘲笑这一个野蛮而悲伤的海子
你这么长久地沉睡究竟为了什么？

春天，十个海子低低地怒吼
围着你和我跳舞，唱歌
扯乱你的黑头发，骑上你飞奔而去，尘土飞扬
你被劈开的疼痛在大地弥漫

在春天，野蛮而悲伤的海子
就剩下这一个，最后一个
这是一个黑夜的孩子，沉浸于冬天，倾心死亡
不能自拔，热爱着空虚而寒冷的乡村

那里的谷物高高堆起，遮住了窗户
他们一半用于一家六口人的嘴，吃和胃

一半用于农业,他们自己的繁殖

大风从东刮到西,从北刮到南,无视黑夜和黎明
你所说的曙光究竟是什么意思

图书在版编目（CIP）数据

太阳是我的名字：海子的诗 / 海子著. -- 杭州：浙江教育出版社, 2024. 11. -- ISBN 978-7-5722-8643-8

Ⅰ. I227

中国国家版本馆CIP数据核字第2024TQ3678号

太阳是我的名字　海子的诗
TAIYANG SHI WO DE MINGZI HAI ZI DE SHI

海子　著

责任编辑	赵清刚
美术编辑	韩　波
责任校对	马立改
责任印务	时小娟
选题策划	大愚文化
产品监制	王秀荣
特约编辑	朱　江
封面设计	路丽佳
版式设计	申海风
出版发行	浙江教育出版社
	地址：杭州市环城北路177号
	邮编：310005
	电话：0571-88900883
	邮箱：dywh@xdf.cn
印　　刷	北京盛通印刷股份有限公司
开　　本	787mm×1092mm　1/32
成品尺寸	115mm×180mm
印　　张	6.5
字　　数	67 000
版　　次	2024年11月第1版
印　　次	2024年11月第1次印刷
标准书号	ISBN 978-7-5722-8643-8
定　　价	49.00元

版权所有，侵权必究。如有缺页、倒页、脱页等印装质量问题，请拨打服务热线：010-62605166。